울 듯 울 듯 오도마니

박이현 시집

반달뜨는꽃섬

울 듯 울 듯 오도마니

서문

한 장 한 장, 이 시집은 내 마음의 속삭임을 담아냈습니다. 그것은 내가 살아온 순간들의 산물이자 나 자신에 대한 탐구였습니다. 이 시집은 내게 있어서 삶의 여정을 걷고, 그 속에서 발견한 아름다움과 아픔을 노래한 것입니다.

작품을 시작하게 된 계기는 다양했습니다. 어떤 날은 한 줄의 시처럼, 어떤 날은 내 마음에 남은 감정 하나하나가 작품으로 탄생했습니다. 간혹, 단 하나의 꽃에서 혹은 비오는 날의 한 줄기 햇빛에서 영감을 받았습니다. 그렇게 모아진 작품들은 이제 여러분 앞에 선 소중한 선물이 되었습니다.

이 시집은 삶의 다양한 면을 담고 있습니다. 사랑과 이별, 희망과 절망, 그리고 성장과 변화의 과정을 담아내었습니다. 나의 작품을 통해 여러분은 내 안의 작은 세계를 엿볼 수 있을 것입니다. 그 속에서 여러분은 나의 삶의 일부분을 발견할 수 있을 것입니다.

이 시집이 여러분에게 작은 위로가 되고, 삶의 순간들에 따뜻한 위안이 되길 바랍니다. 그리고 이 작은 시집이 여러분의 마음에 오래오래 남길 바랍니다.

박이현 씀

목차

2부, 사모곡

1부, 올봄만 같아여라

나의 詩 1

토란 잎에 모이는

이슬방울 같이

맑으시라

당분간

존재를 들키지 마시라.

나의 詩 2

틔우는 일은 슬프네
아무도 모르게
겨울 담 아래서
조울조울 추위 참아내는
내 맘 알지

나의 詩 3

눈을 감고
전족을 신고
긴 장대를 가슴에 꽂고
맞이하라고요.

부탁

제발 그르지 좀 마세요

위에서 보면

거기서 거기예요.

가시論

당신이 찌른 가시 하나
일생을 바치는
지렛대가 되었습니다.

돌탑 마을 안부

 - (책만 보는 바보)를 읽으며-

도도 달달

수표교 아래서

약속이나 기별 없이도

발장단 치며 시를 읊는 달밤

대용 큰 어른 거문고 밤 이을고

뿔뚝 동수 오라버니 가슴 잔잔

제가 오라버니 올라간 눈썹 내려오네

덕무 오라버닌 산수유 길로

책 팔러 다녀오셨는지

대장부 연암 선생 그림자

불콰해진 돌탑마저 근심을 잊네

그윽한 내 마음도 재발라지고.

시는 닻이다
- 김수영 문학관에서-

빠꼼 문 열고

용태부터 살핀다

시인은 무겁고 녹슨 닻을 내리는 중이다

눈 감기만 해도 기도인데

귀를 세우고

닻의 말을 듣는다.

가압장
-윤동주문학관에서-

느려진 마음길
힘차게 끌어올려
다시 용솟음치게 한다
당신은.

봄, 전망대

숨차던 시간 비껴
어영차 마천루 오르니
얼컥 허리 휘어
뒤뚱대던 아래가 고작이다
기적으로 걸어온 굽잇길
빛바랜 고지서 아직 꽂혀있다

흔들리는 마음만 무사하여라
둥근 창 아우르는 바람의 말
무너진 몸으로 받아오다.

오래된 서랍

이렇게 새벽 여행길 나서던 때가
있었기는 하였는지
서랍 열리고
김포 가는 길
잘 갔다 오시라
숨어서 울던 날이
손 흔든다.

기별

담장 능소화
나 피었어요
소박한 꽃이니
독 얘기는 하지 말아주세요
이래봬도 한 숭어리 합니다.

아침에 울다

마알간 5월 살 오르는 중
두 팔 벌려 안을 수 있으면야
무어 그리 아플 일도 아니언만
이리 뼈가 시리는 것이냐

가로등 수리 아저씨
양편에서 낡은 선 잇느라
두 가닥이니 한 가닥이니
짝을 찾는다

나고 가는 일 한 번뿐인데
많이 울지 말자
아침에 떨구었으니
저녁에도 줍지 말자.

화和

몸이 가려운 파도
바위를 그냥 두지 않는다
바위 참아준다
파도 자꾸 비비댄다
바위는 웃어준다
파도, 두 배로 좋다

바다 더 깊어진다.

물살 만져보기

조금 무게 나가는 몽돌로
자근 눌러주었으나
부그르르 졸렬이 끓어오르다

물살보다 더 큰 비늘鱗

이런 걸
치밀어 오른다고 해야 하나
치받힌다고 해야 하나
치받을 거라고 해야 하나
아무튼
조금 더 큰 바위로 꾹
그놈 숨통이 끊어질 때까지
질끈 눌러주어야

강물, 다시 제 길 갈 수 있다.

돈호頓呼

안개 이는 산 오르면
새 한마리 아웅아웅
자꾸 뭐라 뭐라 한다
이른 아침 무슨 말이 하고 싶은 걸까
봄이다
어찌 혼자냐

지는 나도 울고 싶다
모조某鳥야, 오도고야
관觀하자꾸나.

다른 방

이를테면 마음 근처에 방 하나를 더 두어 다른 마음
이 생겨날 때마다 그 방문을 열고 들어가 조용히 살
았으면, 아니 그 방에서는 무엇을 하든 머물기만 하
면 좋겠네. 그 방에서만 통하는 말을 하고 미루어 짐
작한다든가 이미 알아버리지 않기로 약속해.
내내 안온할 거야
빌려줄 수 있어?

조팝꽃 편지

접어 접어

애이불비[1]哀而不悲

읍울한 마음 많았더라

울음보 놓을 때마다

내 무너지는 줄

아느냐 모르느냐

바짝 당겨 팔짱껴줄테니

울음 그치거라

팔꿈치에 젖가슴 닿는다고 동하지는 말고

* 애이불비哀而不悲
  속으로는 슬프지만, 겉으로 슬픔을 나타내지 않음.

역설

늦여름 햇살 사이로
아창아창 걸어오는 가을아
설레고 좋은데
왜 눈물이 나는 거냐

접촉사고

벙그는 벚꽃에
눈길 주다가
앗,
벚나무를 들이박고 말았다
에어 벚꽃 터지는 소리
정신을 차리기는 했으나
상처 깊다

내년 봄에나
보상 처리해야 하나

너에게

예제 긁힌 자국
많이도 앓았구먼
괜찮아질 거야
웃어 봐
기도하고 있잖아   .
굴풋 무릎 꿇으면
굽이를 버릴 수 있어.

혹시 그거 아시남

거기가
복된 길
자박자박
내처 걸으시라
지금 가지 않으면
못 가는 길이어라.

올봄만 같아여라

누에 빛 새벽 밟고
두툼한 일상 을러메고
기도문 외우며 오는 봄아
찰랑 꽃물 한 통지고 와
훤히 보이는 마음에다
들이붓고 달아나 버리면 어쩌란 말이야
비밀편지 귀퉁이 번지다가
혈 꽃 돋아나 누워버렸네
선仙당 문 바람에 열렸다 닫혔다
고약스레 꽃잎은 피어나겠지.

누가 다녀가셨나

잘 주무셨습니까
아침 인사
이마가 환해진다
깃털 하나 살째기 내려앉는다
민울한 날것,
설레는 언박싱

누가 다녀갔을까
자칫 놓치는 수가 있지
치르치르 미치르를 먹으러가자

마지막 잎새

다른 데 보지 마
아무 데도 가지 마
기억이 도망가지 않게 꽁 매어 주고
내 이름표 동동 걸어 줘
꼭 잡고 쳐다만 볼게.

여름 강물

여름 강물 같은 사람이 있었다

강가에 나가 보았다
조용히 흐르는 강물
여름이 깊어진다
혼자 있어도 흔들리지 않을 것 같다
마음 주머니 열고
꾹꾹 눌러 담는다
다음에 다시 오면
더 멋진 말 선물하겠단다

가을 마중 나간 이가 있었다

이상한 셈법

살살 조심조심
들어온다

조금 더 깊이 들어와
살게 될 것이다

오래오래
켜를 이룰 것이다

중심 잃어도
난 모른다.

싱거운 사이

얼갈이배추와
열무가 만나야 하느니라

붉고 여문 고추 쌍둥
안개빛 물풀 주물러 넣고
꽃송이 만지듯 살살 어루어야 한다
그래야 슴슴 만만
열무 배추김치가 된다

한소끔 순두부찌개
밥 한술 김치 한 절
착착 올려 뚝딱 먹고

배추꽃 같이

하얗게 웃는

우리 사이

인연

어느 시인*은
한 사람이 떠났는데
서울이 텅 비었다고 했다

아침부터 노을 질 때까지
울 듯 울 듯 오도마니
자고 나도
여전하다.

* 문정희 '기억'

단풍

저것이 어찌 잎이겠어요
가을꽃이라면 몰라도

어찌 눈길 주지 않겠어요
목석이면 몰라도

어느 참전 용사의 마지막 편지

순영 아씨 보우

양산 두 개를 보내오
하나는 어머니 드리오

그대 뱃속에
아기는 있는지

쏟아지는 포탄 속에서
그대 얼굴만 떠오른다오.

울타리

뒷마당이 휑하여
개나리 울타리를 만들기로 했다
지난해 꽂은 몇 줄기
고것들 지켜내지 못할까 봐
겨울 동안 몇 번이고 창문 여닫았다
올해 몇 줄기 더 꽂았다
다문다문 늘어난 노랑
바라보는 재미 쏠쏠하다

울타리가 생기니
집도 포근한지
초봄 볕에 살짝 조은다.

비운의 역사

푸른 피가 인간의 약재로 쓰이는 한
깡그리 그곳으로 들어가야 한다

투구게 등딱지 한 짐이다
여섯 개 다리를 다 휘저어도 허공뿐이다
이렇게 사느니 바다 깊이 처박혀 버릴까
지옥 채혈실 두꺼운 고무줄에서 놓여났을 때
죽어버려야 했다

애달프기는커녕 치욕뿐이다
다들 피는 붉어서 무섭다는데
어쩌다 푸른 피를 물려받았을까
심장에 빨대를 꼽히고
커다란 유리병에 그들의 욕망이 차오를 때까지

일렬횡대 부끄러운 자세로 묶여
몽조리 짜내야 살아난다

죽기 직전 놓여나 보아라
소용도 없는 자궁 일그러뜨리며
삐걱거리는 등짝 붙잡고
물살 마주하는 힘이 드는 하루하루
니들은 아니

선유도

선녀들 와서 놀았다
음전한 바위엔 옷자락 스치는 소리
깨들거리는 웃음소리
바다 끝 숨기고
어림으로 잡아낸 물길 훤히 트이는 걸

바람은 청년이다
선녀를 안고 바다로 뛰어든다
통통배가 빠르게 지나갔지만
뱃길 꼬리 감아 숨는다

동백 어린나무 데려와 심었다
딸려 온 푸름과 옷자락 소리
물 줄 때마다 선녀, 선녀 부른다.

다 알아

사람들은 아직 나를 순둥이라고 한다
그랬다
어려서부터 나는 순둥이였다
누가 뭐라면
나보다 먼저 그쪽을 생각했으니까
고비고비 살아오다 보니
순둥은 어디로 숨었는지
경우에 어긋난다 싶으면
이게 아닌데 싶으면
영락없이 꼬장이다
사정이 있겠지 하면 그만일 테지만
곧잘 설컹거리는 모양새 우습다
다산선생은 앎은 곧 모양이라셨는데
언제 그럴 듯 갖출꼬

다시 길상사

밝았다 어두워지기를 1825번
만날 수나 있을까

나귀 달려 나오고
마가리로 가는 길은
숫눈으로 가득 덮이다

세상은 더럽고
버리지 못해 더 껄렁하다
오, 진짜 껄렁하다

삐걱 오막 문 당기자
자다 일어난 백석이 취한 말을 한다
어서 불을 피우자

여우 울음소리 들리기 전에
마주 앉아야 하지 않겠니

겨울 삽화

가는 일 부질없고
오는 일 잔달다고
기운 없는 겨울 나비랑
갈대밭 그림 그렸다
차와진 손 호오 불 때
겨울 나비
가슴께 가리키며
여기다 넣어봐요

까르까르 순간
환한 눈꽃 한 다발

농담 먼저 알아채고
숫눈길 검은머리쑥새

총총 봄 길을 낸다.

2부, 사모곡

장마

쥐 소금 녹이듯 질금질금
나도 찔끔

그날
부리부리한 장례사가
실리콘 총을 치켜들고
아주 단단히 발랐으니 걱정 말라고

엄마, 괜찮은 거지

불에 들었다

2022년 10월 30일 아침 8시 10분
5번 방 고별실 육각형 불화로가 열리고
직사각형 어머니가 얌전히 누우셨다
인부가 엄마의 이름표를 보여주는 순간
검은 셔터가 차르르 이승을 갈라놓는다

2층 유족 실로 올라가는 계단이 둘도 되고 셋도 된다
언니 오빠들은 엄마 사진을 놓고
먼저 가신 아버지와 만날 날을 헤아린다

불가마에 들어가는 걸 끔찍이 싫어하셨건만
끝까지 지켜주겠다던 약속도 불가마도
어느 것 하나 지키지 못한 속절이 불타오른다
나래원 뒷마당에 젖은 쪽지로 내려앉는 엄마

지금쯤 머리카락은 다 탔을 것이고
한 겹 다음 생이 '아 뜨거!' 한다
창 너머 거기 엄마 많이 뜨거워?
그림자까지 놓고서야 엄마의 이명은 멈추었고
대신 내 귀에서 줄 끊어진 바이올린이 울어댄다
이제 그 누구도 사랑한다 말 못 한다.

접혀진 사진

남동생네에서 건너온 유품 속에서
아버지와 어머니가 걸어 나오셨다
서로 안고 계셨는지 매무새 고치며
버리거라
옷도 사진도 기억까지
니 맘
다
안다.

양팔 저울

당신 아니었으면
벌써 고물상에 갔겠지.

거, 누구 없어요?

길치, 운전치, 기계치인 나를

누가 좀 데려다줘요

저기 울 엄마한테요

맛난 거 사 드릴게요

차도 대접할게요.

언니, 그거 알아?

엄마 기 좀 꺾어 살랬지
맨 날 죽어지내는 거 꼴 보기 싫다고
그거 알아?
내세울 거 없을 때 주눅 드는 거
그때 엄마가 우리 집에 와 주었어.

엄마 생각

시퍼렇게 퍼들거리는

노르웨이에서 갓 잡아 온 고등어

배를 쩍 갈라 소금 훅훅

새파란 등짝 곧추세우며

부풀어 오르는

깊고 굵은 엄마 무늬

모탕

손을 잡을 수 도
목소리 들을 수도
마음의 강물 멈추었고
찍고 찍힌 자국 뿐
이슬에 젖다가 갈라지겠지
무디어지는 도끼날만 안고서
호올로 잠들어야 하네
꽃 좋은 곳으로 갔는지도 모르면서

성묫길

애들 앞에서 차마 울먹이기 뭣해
묘 둥지 위로 한마디 던진다

애들 키워주느라 애쓰셨어

손자가 따른 술 한 잔
저 뒤쪽으로 드려라
계신 곳이 거기니라

빨노랑 헝겊 꽃
밥상머리 깊이 꽂아 넣으며
절 두 번
훌쩍 세 번

통째 흔들리는 눈동자 따라
땀 흘리며 멀리 온 몸
주신 품으로 살아가겠다.

새벽길

첫 겨울 새벽 영하 10도
마당귀에서 오돌거리는
나는 그래도
안

천주교 공원 묘원 347번
두 번째 줄 네 번째 분墳에서
떨고 있는 엄마는
밖

안과 밖을 잇는
눈물 끈

고약하다

연꽃으로 말하자면
꽃잎 떨뜨리기 직전인 때

윤달 장마 두어 달
마음 틈새로 빗물 스며
불을 대로 불어 터진 잠들지 못하는 새벽
매미 저 혼자 기도길 뚫고 있다
사랑길 바쁜 하필 너인가
어찌 비명만 들으라는가

3부, 망연한 일상

향장목

선유도 고향이 그립냐
바람에 잎 부딪힐 때
잘 살아 잘 살아 할 것 같아

잎 푸르다는 건
견디는 중이라고 믿어도 될까

혼자서도
잘 살아내야 해

어린 것들 잡고
호시절 있을 거라
나도 그랬어

봄, 구곡폭포

적막에서 갓 태어난 어린 물아
폭포가 알려주드냐

세상에 내려꽂혀
부서져야 한다는 걸

사정없이 부딪혀
시퍼렇도 모자라
얼음산에 갇힌 시간
스승 되었는지

봄이야
분홍 저고리 옥빛 치마
한번 입어보지 않으련

나여 1

사는 게 드럽쟈
한걸음 윗 세상은
빈터 천지라는데
같이 갈까

나여 2

드러운 성질머리
견디느라 애쓰셨네

낙엽 찻잔에
바람 한 잔 하시고
숨 좀 돌리시게

나여 3

끓어 넘치거든
그대로 두시게

터져 나오거든
그냥 두시게

떨어지거든
줍지 말고
그냥 가시게

심장이 깨지다

명절이라고 아들이 왔다
있는 미역국에다 떡 몇 조각 떨트려
떡국이랍시고 만들어줬더니
날바람에 들이키며 허풍을 떤다
엄마가 해주는 건 뭐든 맛있다고
정이 그리웠던 게지

저녁때 영화관에 가잔다
잘난 차 한번 타 보자
전세 얻고도 남을 고놈이 기를 쓰니
온 동네가 살아난 매미 모냥 붕붕거린다
돌아오는 길에 저랑 나랑 같은 생일 해 먹자
케익도 사고 음료도 사 둘러앉았다
키우던 때와 자라던 때가 오가고

못되게 굴었던 애들 다시 죽이고

너 5학년 때 김월란 선생님 어디 계실까

급식하고 남은 밥 가방에 몰래 넣어주었잖아

거실 가득 유년을 풀어놓은 끝에

직장 상사가 유독 꼰대 짓을 한단다

설날 새벽 새로 끓인 떡국 국물 째 마시고

차 밀리기 전에 서두른다

몇 번이고 건강 챙기라 손 흔든다

꼰대 상사 먼저 인사해라

걱정마세요, 엄마!

차 꽁무니에 대고 손 흔들다 돌아서는데

심장 한쪽이 쨍~ 금이 간다

식탁에 한참 앉아있다가 설거지를 했다.

밥알 경전

다 된 밥을 푸려고 솥뚜껑을 열었을 때
강황 향 맡으며 주걱으로 밥을 섞을 때
밥을 다 푸고 솥단지 벽에 붙어있는
밥알을 주걱으로 긁어모아 뜯어먹을 때
밥알은 말씀을 내린다
너무 굳어 있어

익어서 녹진한
그런 사람 생각 말고
뜸 좀 들어 봐.

묵언 수행

쳐 죽일 젠장
폭력 교사가 된 적이 있었다
일주일 내내
아침저녁으로 달려가 빌고 오는 길
막 벌어지는 백목련 나무 부여잡고
수천, 수만 번 물었다

딱 한 번 피는
목련은 말이 없다.

아직도

세상에나,
한글을 모르고 평생을 살아왔다니—

조그만 동네, 조그만 건물 2층으로 드나든지 18년
조그만 방으로 들어서면
조그만 공책에 가갸 거겨 거친 손이 떨고 있다
조그만 키 정례씨는 조금만 들여다봐도 어지럽고
조금 더 키 큰 순자 정자씬 그자가 그자 같은
한글 징검다리 삐뚤빼뚤 업고 건넌다

세종대왕님은 그짓말도 잘 하신데이
백생이 쉬이 쓰라 맹글었다 하시던데
우짜 이리 어린 글씨를 우리보고 쓰란다요
미처뿌겠시오 선상님

교실 문 나서면 다 이저뿐데 워쩐다요

조금만 기다리면 좋아질거라
세 번 네 번 귀에 대고 속삭이며
세월도 목이 쉬어 비싼 마이크를 샀다

왜 아직도 그녀들을 만나러 가는지
아무도 모를 거라
맛깔나는 된장 김치 받아봤나요
한 생 제일 먼저 써 보는 편지 받아보았나요
함께 헐거워지며 웃고 울어 보았나요.

피리어드(period)

성남의 이상 정묵 시인이 아주 갔다
면회 금지로 존재를 지키다가
영정 앞에서야 허한다
유족이라곤 동생들 몇
시 낭송 사진과 영상을 건네주었다.

벚꽃 때문이라고
한여름 다리 밑이라고
술잔으로 부르더니
디질라게 노래 못하는 남희씨땜
새벽까지 노래방 갈 일 없다
벚꽃 터지면 영생원으로
수정 문학 동지들 몰려갈 거다
안녕! 잘 가요

묵직이 찍어 놓은 시 몇 점.

오죽했으면

언니를 단골로 만들겠어요

네일 칼러숍을 지나

뭣이든 다판다 가게를 지나

초밥집 앞 수족관을 지나는데

금방 건져 올린 넓적한 참돔이

보도블록으로 불덕불덕 튀어 오른다

힘 좋은 청년이 그물채로 잡아넣으려

힘을 쏟는다

잠시 후면 난도 되어 초밥에 올려질

와사비 간장에 콕콕 찍어 먹을

빨갛고 못된 입이 생각 난다

낯설고 좁은 수조 안에서 날마다 불안했을 때보다

나을 것이다

스위스로 안락을 찾아가는 이도 있다.

뜨거운 맛

한밤중 아들의 전화
못 마시는 술을 걸쳤는지 뜬금없다

엄마처럼 살려는데 잘 안 되네
혼자서 우리 어떻게 키웠어

한 사람을 심장에 넣었다 꺼내려니
저도 깨지나 보다

지금 우리 모자는
뜨거운 맛을 보는 중

축하합니다

얼마나 좋은 일이에요
함께 있으니 더욱 좋으네요
둥실 마음 숨기지 마세요
그동안 걸어 다니며 우셨을
당신이 옳았습니다
살면서 몇 번이나 오늘 같은 날이 올까요

멋져요, 빛나요

충분히 젖으며 축배를 들어요
믿음직한 당신을 위하여
우리를 위하여

울 듯 울 듯 오도마니
박이현시집

인쇄 2024년 06월 20일
발행 2024년 06월 30일

발행인 이은선
발행처 반달뜨는 꽃섬 [서울시 송파구 삼전로 10길50, 203호]
연락처 010 2038 1112   E-MAIL itokntok@naver.com

ISBN 979-11-91604-38-2   03810

* 이 도서는 지역 예술인 창작 활동지원사업의 지원을 받아 제작 되었습니다